우울한 날들의 끝자락에
서 있는 그대에게

우울한 날들의 끝자락에
서 있는 그대에게

발행일   2024년 5월 13일

지은이   신현봉
펴낸이   손형국
펴낸곳   (주)북랩
편집인   선일영   편집   김은수, 배진용, 김현아, 김다빈, 김부경
디자인   이현수, 김민하, 임진형, 안유경   제작   박기성, 구성우, 이창영, 배상진
마케팅   김회란, 박진관
출판등록 2004. 12. 1(제2012-000051호)
주소   서울특별시 금천구 가산디지털 1로 168, 우림라이온스밸리 B동 B113~115호, C동 B101호
홈페이지 www.book.co.kr
전화번호 (02)2026-5777   팩스   (02)2026-5747

ISBN   979-11-7224-104-9 03810 (종이책)   979-11-7224-105-6 05810 (전자책)

(주)북랩 성공출판의 파트너
북랩 홈페이지와 패밀리 사이트에서 다양한 출판 솔루션을 만나 보세요!
홈페이지 book.co.kr   •   블로그 blog.naver.com/essaybook   •   출판문의 book@book.co.kr

작가 연락처 문의 ▶ ask.book.co.kr
작가 연락처는 개인정보이므로 북랩에서 알려드릴 수 없습니다.

우울한 날들의 끝자락에 서 있는 그대에게

신현봉 시집

모양도 없고 빛도 없는 고요한 마음
번뇌와 욕심을 극복하고 득도得道를 향한 각성

북랩

自序

그저 흘러가는 삶을
걷고 있다고는 하지만
돌아보면 부끄럽다
무지해서 용감했던 시간들은 가고 없지만
여전히 아프다

지금 여기 바로 이 자리에
나는 있다, 과거도 미래도
이 땅에서 윤회하다가 또는
천상에 머물다가 떠난다면
다음 생에는 어떻게 될까?

날마다 새 날을 맞는다 하더라도
인습과 분별의 습에 젖어있다면
그게 무슨 의미가 있겠는가
그러한 나의 모습과 생활은
얼마나 무겁고 부자유할 것인가?

부드러운 햇살이 찾아와
제라늄 잎새에 생기를 불어 넣어줄 때
나는 그 곁에서 차를 마신다
법문을 듣는다
무한한 허공이 되어

2024년 봄
신현봉

차
례

 1부

2부

🪷 3부

4부

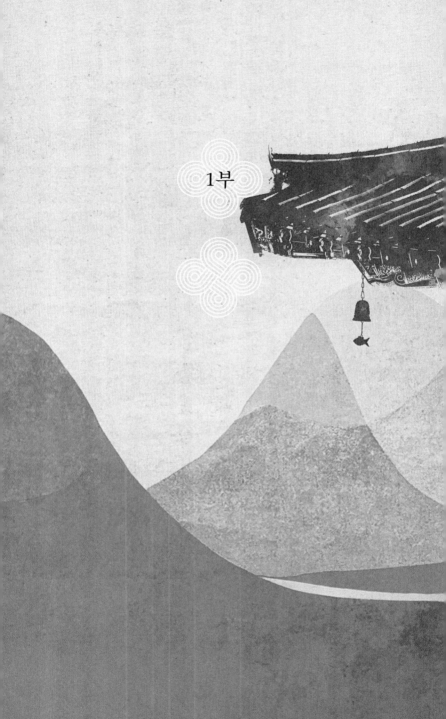

1부

성복천을 걸으며

재앙이 쏟아지는 난국에
희망을 찾자고
날마다 물길을 따라 걷는다
숨결을 바라보며
발걸음을 세며 걷다 보면
여기는 티베트고원
양 치는 유목민을 만나고
야생 당나귀를 향해 손을 흔든다
인디아의 평원에서 추수하는 농부를 향해
안녕하는 나를 만난다
매양 지구 바깥에 머무는 것처럼
아무 문제 없이 살아가는 나를 향해
큰 스님의 할*처럼 갑자기 꽥 하는

* 불교 선종(禪宗)에서 스승이 참선하는 사람을 인도할 때 질타하는 일종의
고함소리

소리에 발길을 멈추고 보니
성복천이 제 집인 오리가
아는 척 인사라도 좀 하고 가란다

춘천제분소

가을날 아침 뜨락을 쓸다
떨어지는 나뭇잎을 무연히 보네

수없는 헛발질로 날려버린
청춘의 시간들

물안개 피어나는 도시에
기념물처럼 자리를 지키고 있는 춘천제분소

흰밥과 버터와 왜간장과 함께 떠오르는 친구들
요즘도 때도 없이 와서는 머물다 가는지

멀고 가까운 어제는 없지만
마음과 몸에 남아있는 과거의 상흔

무지해서 용감했던 부끄러움들을
씻어내며 흘러가는 나이가 되고 보니

인연 따라 왔다 가는 것들이
참 아름답지 않은가

가을 아침

가을 아침
허공 속의 찻잔에
번지는 적요(寂寥)
눈부신 햇살

이 작은 사치가
무겁게 느껴지는 것은
왜
어디서 오는 것인가

가을 산행

1

가을 산에는
가을바람이
풍요의 들녘에는
가을 햇살이
하나로 어우러져
도란도란 이야기합니다
하늘에 떠가는 흰 구름을 두고

2

오래 함께했던
인연도 다해갈 때
먼 날의 친구들과 함께
가을 산행을 합니다

학교 다닐 때 무덤덤했던
친구와도 새롭게 정담(情談)을 나누며

가을 산이 되어 어울립니다
하늘에 떠가는 흰 구름처럼

사람이 가는 길

어떤 사람은 제 스스로
꽃길만을 걷습니다
험하고 악취나는 길도 향기롭게 만들기 때문입니다

어떤 사람은
천상에서 나락으로 갑니다
수렁에 빠져서도 닥치는 대로 물어뜯으며
나는 옳다고 합니다

어둠 속에서도 어떤 사람은
쉬지 않고 고요히 빛을 향해 갑니다

어떤 사람은
물처럼 바람처럼 그저 흘러갑니다

인도차(茶) 짜이

인디아에는 사탕수수밭이 많아서인지
짜이는 달다
홍차도 달고
커피도 달다
삶은 고해(苦海)가 아니라는 듯이
달다
달다

나는 나를 만나고 있다

이곳저곳을 기웃거리며
마음은 밖으로만 향했다

황량한 벌판에 홀로 서 있음을
비로소 나는 알게 되었다

내 안에 내가 있다는 것을
어이해 생각도 못 해봤을까

나는 나를 만나고 있다
한 번도 만난 적 없는 나를
또, 다른 세상을

나를 스쳐 간 시간들이
때가 되면 꽃 피고 열매 맺는 것을

있기도 하고 없기도 한

있기도 하고 없기도 한 과거는
있기도 하고 없기도 한 세상은
얼마든지 바꿀 수 있다 하네
네가 만든 허망한 망상이므로
한 생각 돌이키면 된다는 것이네

온 우주를 다 안을 수도 있는
텅 빈 허공과도 같은 마음이기에

말(言)의 빛은 어디에

짙고 우울한 어둠 속에
갇혀있는 혈관
대포 강정 터지듯
뻥- 하고
한순간에 뻥 뚫릴 수는 없을까
성한 구석이라곤 찾아보기 어렵던
어이없는 한 세월 동안
이 나라의 희망이었던 아스팔트 우파
그들은 언제까지 관심 밖에 머물러야 하는가?
진짜로 존경하는 줄 알더라는 따위의
비눗방울보다도 가볍고 허망한
허위와 조작과 상스러움으로부터
말의 힘, 말의 가치, 말의 빛은
어느 때나 캄캄한 구름을 뚫고
다시 찾아올 수 있을까

눈부시게 아름다운 당신

오늘은 까치가 두 번이나 울고 갔다
산속의 짧은 겨울 해 따라
한 해가 또, 저물어 간다
기도하는 당신 밖에서
먼 길을 헛되이 돌아온 나도
인제는 스스로 휴식할 수 있는 섬이 되자고
세상으로부터 점차 가벼워지고 있다
묵언의 깊은 바다에서 울리는 소리에
눈을 가렸던 숱한 비늘들 떨어져 나가고
고개 들어 가슴 열고 바라보노니
나의 아내, 당신은 눈부시게 아름답다

법상 비구*의 법문(法門) 1

— 방황의 끝

나는
지금 바로 여기 이 자리에 있다

삶은
지금 바로 여기 이 자리에 있다

사랑도 행복도
지금 바로 여기 이 자리에 있다

서방정토도 천상도 지옥도
바로 지금 여기 이 자리에 있다

도와 해탈도
지금 바로 여기 이 자리에 있다

이것들은
모두 내 마음에 있다

마침내 지금 바로 여기 이 자리는
아득한 방황의 끝

*   법상 비구 : 동국대 대학원에서 불교를 공부하다가 발심 출가한 뒤 오랜 세월 깨달음을 찾았다. 불교의 가르침은 물론이고, 동서고금의 영성, 종교, 명상 단체와 역사 속의 성자와 스승 등을 두루 찾았으며, 갈고 닦았고, 절망했다. 결국 돌고 돌아 방편을 뺀 초기 불교와 선불교에 눈 뜨면서 더 이상 찾지 않을 수 있었다. 현실에서는 20년 넘게 군승으로 재직하며 군인들에게 마음공부를 전했고, 동시에 인터넷 마음공부 모임인 '목탁 소리'를 이끌었다. 저서로는 『붓다 수업』, 『육조단경과 마음공부』, 『반야심경과 선 공부』, 『금강경과 마음공부』, 『불교경전과 마음공부』, 『불교교리』 등이 있다.

법상비구의 법문(法門) 2

*

'아무리 옳은 생각도
집착하면 틀린 것'

옳고 그른 것의 기준은 절대적인가?
집착은 얼마나 무서운 것인가?

*

'파도가 언제나 바다인 것처럼
너의 본성은 언제나 부처'

시냇물이 흘러가는 것을 보면
물의 본성은 언제나 바다

*

'괴로움, 비참함은 분별해서 내가 만든 것
생각할 때만 괴로운 것'

아니 그것들을 내가 만들었다고?
세상 탓이 아니고 네 탓이 아니라고?

*

'삶은 그냥 하나로 똑같은데
어떤 관념 속에 사느냐에 따라 행복이나 불행이 온다'

나는 그동안 관념에 따라
행복하거나 불행했다는 것이네?

*

'우리는 고정된 세계에 사는 것이 아니다
저마다 자기 세계를 만들어 가며 산다'

같은 시대를 산다고
같은 세상을 사는 것은 아니지
X 묻은 자가 먼지 묻은 자를 향해
미친개처럼 짖기도 하는 것이지

*

'수행이라는 상에 갇혀있는 사람은
진정한 수행자가 아니다'

공부하겠다고 찾아온 중생들에게
이유도 없이 화를 내고 짜증을 내는 승려에게
나는 묻고 싶었다
부처와 중생이 차별이 있느냐고
있으면 왜 있느냐고, 없다면 왜 없느냐고?

*

'삼라만상이 내 마음 하나에서 나왔다
마음은 광대하여 우주 법계 전체에 형통한다'

우주를 다 덮고도 남을 마음이기에
마음은 곧 우주가 아닐까?

햇빛이 약(藥)

'나는 꽃 보고 산다'는 아내
제라늄 가꾸기에 온통 열심이다
시들고 병든 화초에는 '햇빛이 약'이란다

시 한 편을 쓰기 위해 어휘의 숲속을 헤맨다
반짝이는 햇빛처럼 생동하는 낱말을 가려
꽃보다 아내, 웃음 짓는 얼굴을 그린다

언어의 껍질을 벗겨 꽃을 피우려 하지만
봄날은 가고 불타는 가을 볕이 와도
세월은 그냥 아득하기만 하구나

꽃을 피우는 손길엔 햇빛이 약
허공에 시 한 편을 그리는 정성
우리는 한마음을 이렇게 쓰고 있다

좋은 것을 버리면

이것을 버리면 저것을 얻고
저것을 버리면 그것을 얻고

나쁜 것을 버리면 좋은 것을 얻고
좋은 것을 버리면 더 좋은 것을 얻고

그 낯선 풍경

― 어머님을 보내며

말문이 막힌다
2022년 1월 23일
당신께서 돌아가신 날은
까마귀도 울지 않는 으스스한 날이었다

거동이 불편한 어머니는 요양병원에서
코로나에 감염
전문 치료병원으로 옮긴 지 8일 만에 별세
그러는 동안 면회 한 번 하지 못했다

병원 주차장 컨테이너에
설치된 CCTV 모니터를 통해 입관을 지켜보았다
덮고 있던 이불로 시신을 둘둘 말아 관에 넣고
그 위에 수의를 올려놓는 것으로 끝이었다

바람에 날리는 종잇장처럼
흩날리며 떠돌던 날들
잘할 수 있었는데 하는 생각에
나는 부서지는 파도처럼 울었다

오는 인연, 머무는 생각

1

아무 말 하지 않아도
때가 되면 갈 것들
스스로 알아서 떠나가는 것을
보고 또 보낸다

2

가고 오는 인연
그중에 큰 것은
생각
그것은 어디서 오는가

좌선(坐禪)

가지 끝에 앉은 고추잠자리처럼
들숨
날숨 사이

꽃잎이 열리듯이
들숨 쉬고
날숨 쉬는 사이

흐르는 눈물 속에 드러나는
내가 지은 허물
하나둘 꽃과 빛으로 바뀌기를

내가 나를 보고

1

내가 나를 보고 나니
아무것도 없음을 알겠네
할 말이 그냥 없어지네

2

모자람도 넘침도 없는 삶이
바로 지금 여기에 없다면
그 어디에 있겠나

3

나의 생각이라는 망상이
만들어내는 허상
그것이 내가 만든 세상이라고?

4

달라진 것은 없다
그대로인 것도 아니다
그냥 새롭다 나도 세상도

나와 나의 만남

평생을 헤매이며 헤매이며 살았네
계절은 바뀌고
해가 더해 가도
나는 나를 잊고 살았네

나는 내 얼굴을 바로 보지 못했네
내가 누구인지도 모르고
어디로 가는지도 몰랐네
이럴까 저럴까 망설이며
방황에 방황을 거듭하였네

이제 세상에서 한발 뒤로 물러나
나는 나를 만나고자 하네
시방의 부처는 고요히
미소로 얼굴을 가리네

무위자연(無爲自然)

언제였던가 어느 모임에 나갔더니
"요즘 어떻게 지내시는가"
"노는 게 이렇게 좋은지 몰랐다네"

마른 장작이 냇물에 떠가는 것처럼 살라는
법문(法門)마저 허공에 날려 보내고
이런저런 일 하지만 그건 모두 놀이일 뿐
잘잘못 가릴 일 없으니
무위자연(無爲自然)이 멀지 않다네

2부

허공(虛空)

허공 속에 앉아
넋 잃은 생명으로
허공을 마신다
한 잔 두 잔 마시다 보면
나는 그냥 허공
그 안에 흐르는 물
생명의 공기
보이다가 사라지는 것들 속에서
나는 누구냐고 묻는다
어느새 내 안에 가득한 허공

나는 허공이다

법문(法門) 1

— 법륜 법사[*]

보고 아는 것이 아니고
앎이 있어야 보이는 것

[*]   법륜 김종수 법사 : 미얀마 국제파욱숲속명상센터의 우레와따반떼에게 선
정수행을 지도 받았다. 현재 지견명상원장으로 있으며, 아비담마와 호흡명상을
지도한다.

법문 2

— 비구 일묵*

생각이 바뀌면
인연도 바뀐다

* 　비구일묵 : 서울대학교 대학원 수학과 졸업. 1996년 해인사 백련암 원택스 님을 은사로 출가, 2003년 통도사에서 비구계 수지, 2003~2004년 성철스님 생 가 겁외사에서 총무 소임, 2005~2007년 미얀마 파욱국제명상센터에서 수행, 2008년 프랑스 플럼빌리지, 영국 아마라와띠 등 세계불교단체에서 수행, 2009 년 제따와나선원(서울) 개원, 2018년 사성제 수행도량 제따와나선원 춘천 이전 개원, 저서 윤회와 행복한 죽음 등이 있다.

법문 3

— 라마 소마 린포체*

네가 맞이하는 모든 것이
네게 유익하고, 축복이다

---

* 라마 소파 린포체(1946~) : 티베트불교 겔룩파 승려, 네팔 카트만두에 있는
코판 사원장으로 살아있는 보살로 불린다. 우리가 겪게 되는 피할 수 없는 고민
거리나 고통을 내게 유익하다고 생각하면서 그것들을 행복으로 바꾸는 방법을
가르치고 있다. '당신의 마음이 행복의 원인이고 당신의 마음이 고통의 원인'이
라고 했다.

법문 4

— 법상비구

지금 이대로의 너의 삶에는
문제가 없다
문제가 있으면 있는 대로
비교 분별만 하지 않으면
너는 아무 문제가 없다
네가 지금 서 있는 이 자리는
본연의 자리라네

5계(戒)

나를 지켜주는 수호천신(守護天神)
너를 보호하는 수호천사

위빳사나 수행처 1

가볍다
몸무게가, 머릿속이

없다
하는 일이, 생각이

눈에 들어오는 것은 청산
들리는 것은 새소리, 바람 소리

그저 의식적으로 호흡하며
앉아있거나, 천천히 걷거나, 잠잘 뿐

위빳사나 수행처 2

아침은 6시, 죽(粥)이다
점심은 11시에 먹고
12시 이후부터 자정까지는 먹지 않는다
마음이 맑으면 허기도 없다

수행자(修行者)

1

정진(精進)하려면
볼 것도
들을 것도
없는 편이 좋지요
적게 먹고
묵언하는 것이
가볍고 맑게 하지요

수행자는
외로운 손님이지요

2

수행은 나 홀로일 때

공부하고
좌선하고
경선하고
잠자는 일 말고는

먼 산을 바라보지요

不立文字

1

불교
제일 먼저 떠오르는 그림
만나는 생각
그것은 불법(佛法)의 상징어처럼 되어버린
不立文字
아닐까

2

붓다의 가르침은
알기도 어렵고
모호한 거라고
그러니 너희는 보시나 잘하고
복이나 빌면 되는 거라고
不立文字를 빌미로 오도하는 것은 아닌가
문득, 홀연히, 몰록

깨우쳤다고 하면서
무엇을 깨달았는지
시원하게 밝히지는 않는다
도(道)에 이르는 길은
순차적(順次的)이고
깨달음의 내용은 분명한 것일 텐데
왜
왜
不立文字여야 하는가

3

불문(佛門)에 처음 서는 사람은
길을 찾지 못해 헤맬 수밖에 없다
이것만이 깨달음에 이르는 최고의 길이라는 가르침에
답답하고, 혼란스러울 수밖에 없다

붓다가 가르치려고 하는 것은
붓다의 가르침은 쉽고
간단명료한데

4

언어가 비록 그림자 같은 것이기는 하지만
그것이 없다면
열반을 향한 첫 발걸음을
뗄 수나 있겠는가
그러니 不立文字라는 말은
이제 그만 지워버리는 것이
옳지 않겠는가

고락중도(苦樂中道)

여자가 지나가면
지나가는구나
하고 알아차린다

예쁘다
날씬하다
좋다 나쁘다 하지 않는다

그냥
볼 뿐
보고 갈 뿐

저절로 살아지는 삶

법을 찾는 멀고 험난한 길
이런 세월 끝에
마침내 나는 도달했다
처음 출발했던 이 자리로

지난 20여 년간 나는
어느 특별한 시공에
나를 깨우침으로 인도할 스승과 가르침이
참으로 멋진 삶과 행복이 있을 거라고
꿈꾸어 오지 않았던가

우주법계의 실상은, 진리는
바로 여기에 있고
나도 세상도 아무 문제가 없다는데
저절로 살아진다는 삶이
아직도 힘들고 어려운 것은
버리지 못해 쥐고 있는 집착과 망상 때문?

삶에는 나쁜 것이 없으므로
있다면 좋은 것으로 바꾸면 된다는 법계
있는 그대로의 나를 보며
모르는 것은 모른다 하고
할 일이나 하며 흘러갈 것이다

남은 길

산다는 것은
인연(因緣)
업(業)
그릇(器)

허나, 이제는 아닌 것

멀고 가까운 어제로는 가지 않는다
가깝고 먼 내일로도 가지 않는다
오직 지금 여기서, 나라고 하는 흔적이나
생각마저 지우며 갈 뿐

라마 소파 린포체의 가르침

인생에서 만나는 원치 않는 상황
그것은 업(業)에서 온다고
아비담마는 이야기하네
그렇지만 라마 소파 린포체는 말씀하시네
나쁜 것은 없다고
그 모든 것이 당신에게 유익하다고
마음속에서 다 좋은 것으로 만들라 하시네

내가 돌아가는 자리는 어디인가

만약에 말이다
내가 20생, 50생, 100생, 1000생을 살았다면
내가 20생, 50생, 100생, 1000생을 산다면
그게 무슨 의미를 가질까

보고 싶은 거 보고
듣고 싶은 거 듣고
먹고 싶은 거 먹으며
본능과 욕망을 채우며
적당히 선행도 하며 살아간다면
수백, 수천 生을 산다 해도
그것은 다 똑같은 하나의 삶이 아니겠는가

보고 듣는 것이 다 과거의 것임에도
동시적이라고 생각하며
보고 안다고 착각하며

그것을 바탕으로 판단하고 결정하는
허망함을 반복하는 것 아니겠는가
내가 돌아가는 자리는 어디인가

나는 아무 일도 하지 않는다
인연이라는 바람을 타고 흐르며
닥치는 일을 할 뿐
어떤 일도 애써 하지는 않을 거다
마음에, 머리에, 몸에 깊이 각인된
관념이나 깨부수며
내가 돌아가는 자리는 어디인가

똥막대기와 다이아몬드

법문을 듣는다
마치 산산이 깨어진 거울의
수없는 파편을 보는 것 같다
무슨 말을 하는 건지 짐작도 할 수 없다
똥막대기와 다이아몬드가 왜 같다는 것인지?

그랬다
수십 년을 살아온 세속의 눈과
생각으로 법(法)을 보았으니
뭐가 보였겠는가
분별하지 말라는데
인식의 대상이 아닌 것을
헤아리려 했으니
무엇을 알 수 있었겠는가

똥막대기, 다이아몬드, 지붕 위의 기왓장, 대나무 이
파리
이런 것들과 모든 너와 내가
다 법이고, 차별이 없고
공(空)한 것임을

화(火)

애착이 화다
집착이 화다

집착 안 하면 화낼 일이 없다
애착 안 하면 화 자체가 없다

출가(出家)

세속의 삶은
그 자체가 번뇌라서

3부

날마다 이별 1

늙어간다는 것
날마다 날마다
조금씩 조금씩
이별한다는 것

날마다 이별 2

나는 빠르게 결별하고 있다
아는 사람들로부터
낯익은 사물들로부터
나는 빛의 속도로 멀어지고 있다
지난 상처들을 꽃으로 피울 때가 되었다
내게 다가온, 내가 맞이했던 부정적인 것들이
다 유익한 것이었다고
믿을 때가 되었다
오랜 환영 같은 꿈에서 벗어나
광대한 우주의 공성처럼
나는 가볍기를
진정 그러하기를

파라과이 사랑해
─ 권영규 선생*의 파라과이 봉사활동

낯선 이국(異國)에서의
살아있는 시간이
피워낸 꽃
'사랑해 파라과이'

전국에 흩어져 있는
57개 직업훈련기관
정전, 폭우, 천둥, 번개
강을 건너, 덜컹거리는 비포장도로를 달려
밤늦게 도착한 숙소

지금 이 자리에서
있는 그대로 토론하고
한국의 발전 경험을 이야기하며
파라과이 속으로 속으로

---

* 　권영규 선생 : 서울특별시 행정국장, 경영기획실장, 행정1부시장, 시장 권
한대행(2011.8.~10.)을 역임했다.『사랑해 파라과이』는 2015년부터 KOICA
World Friends 자문관으로 파라과이 고용노동부에서 2년간 공무원 역량 강화
교육활동을 수행하면서 체험한 사항을 정리한 저서이다.

누군가는 이렇게 말했다지요
어떻게 그렇게 파라과이를 속속들이 이해하세요

어떻게 그렇게 마음 깊이 파라과이를 사랑하세요
어떻게 그렇게 방방곡곡 찾아다니세요
당신이 걸어간 길을
읽어 갑니다
당신이 만난 사람들을
나도 만나 봅니다

시인 전봉건*

어느 가을, 늦은 밤
시인은 삼각지 버스 정류장에 서 있었다
그의 눈은 영혼의 저편을 응시하고
그의 입은 어떠한 소리도 허락하지 않았다
그의 가슴은 단단하고 깊었다
남한강 돌밭을 걸으며 만나는 바람과
그는 얼마나 많은 이야기를 나누었을까
두고 온 북의 고향을
꿈에서도 잊지 못하던 시인은
죽어서 그리던 옛집을 찾아갔을까
변해버린 산하의 모습에
그는 또 얼마나 쓸쓸했을까

---

* 　전봉건(1928~1988) : 전후 모더니즘을 대표하는 시인. 평안남도 안주 출
생. 1950년『문예』지에서 서정주, 김영랑 추천으로 등단. 1969년에 시 전문지
월간『현대시학』창간. 지병인 당뇨병으로 평생을 고생했던 시인은 주말이면 충
북, 경기, 강원의 남한강 돌밭을 10여 년간 누볐다. 1984년에 간행된 시집『돌』
은 이 때의 체험이 바탕이 된 것이다.

광덕산 호두마을의 봄

봄에는 바람이 미치나 보다
알 수 없는 그리움에 미치나 보다
벚꽃 속으로 뛰어들다가
새잎 나는 호두나무로 돌진하다가
자운영 꽃밭에서 잠시 숨 고르다
이내 폭풍처럼 휘몰아친다
광덕산에 죽어있거나 잠자고 있는 것들
모두 깨어나라고

시인 정대구

앞마당의 병아리들과
울타리를 지나가는 바람과
허공의 흰 구름과 노니는 구선생

조선 시대 사대부의 모습이 이러했을까
때로 한시를 읊는 기쁨에 흠뻑 젖는
우리들의 구선생

시가 길이고
구원이라고
당당하게 말하는 구선생

벚꽃잎 흩날리는
봄날이면 생각나는
스스로를 구선생이라 칭하는

붑

— 정대구 시인에게

'붑'은 정대구 시인의 시집 제목입니다
붑은 부부의 줄임말이라고 합니다
부부(夫婦)가 살아가면서 어느 때부터인가
부부(婦夫)로 자리바꿈하더니
다시 부(夫)의 존재가 마모되어
붑이 되었다 합니다

천상 잉꼬부부이군요
나는 붑을 소리내어 읽으면서
아주 고요히 슬픔에 젖습니다
붑의 삶이 얼마나 지난(至難)하면
예수님, 부처님, 공자님을 소환했을까
이것은 소갈머리 없는 필부(匹夫)의 탄식입니다

마음은

마음은 아프지 않다
마음은 병들지 않는다
마음은 슬프지 않다
마음은 때묻지 않는다
마음은 상처받지 않는다

마음은 빛처럼 밝다
마음은 하늘처럼 맑다
마음은 각성된 마음은
현재와 미래를 바꾼다
과거를 바꾼다

환영

산다는 게
만화책 읽는 것 같다
꿈 속처럼 벚꽃이 피고
오지도 않은 봄이 갔다
허깨비를 보는 것 같다
말세가 있다고 하더니
말법의 시대가 있다고 하더니
사람들의 눈에는 억지와
거짓과 누명이 보이지 않는 모양
예수를 십자가에 매다는 사람들이
이 시대에는 더 많은 것이 아닐까

후회에 대해서

1

원하지 않는 상황을
만나거나 만드는 것은
독화살을 맞는 것
되돌아보고 후회하거나
회한에 잠기는 것은
제2, 제3의 독화살을 맞는 것
후회는 그 자체로 나쁜 것
지금 여기에 없는 과거로는
돌아가지 말라네

2

붓다를 만나지 않았다면
나는 지금도 삼겹살에 소주를
마시고 있을 거다

가끔은 지나간 날들을 회상하며
흘러간 옛 노래를 부를 거다
후회라는 독화살을
스스로 거듭거듭 되풀이해 맞을 거다

3

아비담마는 가르친다네
후회되는 과거를
끊어내든가
훌륭하게 바꾸어 놓으라고

어느 날 나는 종적을 감추었습니다

어느 날 나는 종적을 감추었습니다

세상을 다 아는 듯 오랫동안 착각하고 있었던
내가 바보였다는 생각을 곱씹어야 했습니다

청렴한 대통령에 대한 탄핵을 안주 삼아
청와대 안에서 굿판을 벌였다느니
그곳에서 비아그라가 나왔다느니
술에 취한 듯 말에 취한 듯
떠드는 화제는 꼬리에 꼬리를 물었습니다
또, 또 그렇고 그런 헛소문들
나는 허위의 설화(舌禍)로부터 귀를 씻기로 했습니다
나와 생각이 다른 사람이 누구인지 확인하는 것이
두려워지기 시작했습니다
시간이 지나면서 점차 묵언이 오히려 편안해졌습
니다

또, 있습니다
정년퇴직한 지 몇 년이 지나지 않아
몇몇 친구가 세상을 떠났고
덧없이 가는 세월은 그동안 지녀온
여러 애착과 고뇌도 멀리 보내버렸습니다

편안함에 대하여

TV 없고
WIFI 안되고
묵언이니 누구와도 이야기 않고
경행(經行) 하고
좌선 말고는
할 일 없음이
편하네
편안하네

그래, 너희는 행복하냐

촛불 집회가 한창일 때
촛불은 이미 승리했다고
자랑스럽게 만족해하던 비구
청와대에서 비아그라를 구입했다고
실실대며 웃던 승려
기레기 언론에 세뇌되었으면서
세뇌당한 줄도 모르고
덩달이가 된 친구들

나는 묻는다
그래 좌빨 세상이 되어
좋으냐? 너희는
행복하냐?

떠난 자리, 돌아온 자리

나의 과거는 치유 불가한
암 덩어리 같은 거였다
퍼내도 퍼내도 바닥을 드러내지 않는
후회의 샘이었다

삶에서 원치 않는 상황이 일어나는 것은
업으로 인한 것이라고 했던가
만난 적 없는 비구는 법문했다
그냥 받아들이라고
과거는 없다고, 있다면 생각할 때만 있는데
그마저도 착각이 만든 것이어서
바꿀 수도 있다고
그때 이후 요지부동의 과거는
말랑말랑해지기 시작했다

3

언제부터인가 과거는 단지 경험으로 바뀌어 있었다
삶에 나쁜 것은 없다는 가르침을 믿는다면
나의 과거가 나쁜 것만은 아닐 거다 싶더니
후회로 가득한 과거를 조금씩
삭제하고 있는 나를 보게 되었다
유리창의 얼룩을 닦듯이 지우고 나니
나를 옥죄고 있던 과거가
허공처럼 투명해진 것을 볼 수 있었다
텅 비어있는 어제로 돌아가는 일이
더는 없을 것임을 스스로 일러주었다
날마다 맑은 물을 공양하며 감사하기로 했다

그대, 옛사람 만나려 하지 마라

아름다움은 갈수록 빛이 나고
늙음은 노련해질수록 젊어져가네
그대 옛사람 만나고 돌아가면서 씁쓸히 웃지 말고
혹여 죽어도 못 잊을 사연 같은 거 있다면
물 위에 떠가는 벚꽃잎처럼 흘려버리게
생각이 바뀌면 인연도 바뀐다 하지 않던가
아쉬움이 그래도 남아있거들랑 좋았던 이미지 하나
만 간직하고 가게나

우울한 날들의 끝자락에 서 있는 그대에게

삶이라거나
죽음이라는 것
그건 그냥 현실 아니겠소

행복이나 불행
기쁨이나 우울
그건 그냥 생각 아니겠소

이것들을 그저
하나라고 하면 안 될
이유가 있는지 나는 잘 모르겠소

티 없는 하루하루가
뜬구름처럼 사라지는 것도
어찌 보면 좋은 일 아니겠소

그대가 붙잡고 있는 것들
그대가 익히 알고 있거나 믿고 있던 것들을
저 허공에 한 번 풀어놓아 본다면 어떻겠소

겉과 속

바로 본다는 것은
있는 그대로 보는 것
겉과 속이 다름을
아무리 해도 나는 바로 볼 수가 없네
보고 싶은 대로 보고는
바로 보았다 하네
이것은 꿈인 줄도 모르고 꾸는
꿈같은 것 아닌가
겉과 속을
거울처럼 볼 수는 없을까
생각이란 고집이
저 허공을 아우를 때
비로소 나는 볼 수 있지 않을까

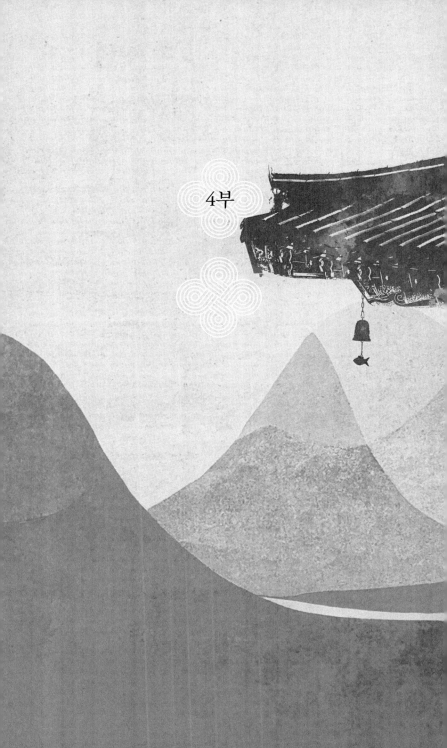

4부

묵시적 청탁

8:0은 헌법 파괴
재판 아닌 반역 담합

묵시적 청탁이라 하고
그걸 죄라고 판결하는 법관

국방력을 약화 해체해도
박수 치며 고무하는 기레기들

평화는 거저 주어지는 것이 아닌데
자발적으로 핵의 노예가 되겠다는 종북

법전의 육하원칙은
어디로 갔는지

어두운 시대의 태양은
태극기를 높이 세우는 사람들뿐

가슴에 태극기 들고

사람들이 말한다
너는 망해야 한다고
태극기 손에 든 사람들 모두가
한 목소리로 외치니
조만간 그렇게 되지 않겠는가
똥파리처럼 왱왱 거리는 자들이
격이 틀린 분을
쫓아내려 난리를 치다니
삐뚤어진 눈에는 세상이
마냥 어수룩해 보이는가
그리도 만만해 보이는가
손에 태극기 든 사람들의 외면이
너희에게는 우습게 보이겠지만
거짓과 조작과 그것에 근거한 반란이
가면 얼마나 가겠느냐

인과율에는 빈틈이 없다는 것을
너희는 알고나 있느냐

그 날 이후

2017. 3. 10.[*]
그 날 나는 또 하나의 세상을 보았다
사람들의 마음을 보았다

그 날 이후
누구를 만나는 것이 꺼려졌다
저 사람은 어떤 부류일까
수박일까 토마토일까 사과일까…
궁금해하고 의심하게 되었다
이런저런 만남이 조금씩 무서워지기 시작했다

나는 이별했다
깨끗한 대통령을 욕하는 것이 직업인 것 같은 자와
사기 탄핵, 불법 탄핵, 여론조작, 왜곡, 선동, 조롱
에도

[*] 2017. 3. 10. 헌법재판소가 박근혜 대통령 탄핵심판사건을 재판관 8명 전
원일치 의견으로 박대통령을 파면한다고 선고했다.

사회가 빠른 속도로 붉게 물들어가도
아무런 일 없다는 듯
나와는 무관하다는 듯
삼겹살을 구우며 술잔을 돌리는 친구들과
동남아에 나가 골프 치고 왔다는 선배와
교도소에 갇혀 있는 대통령을 비웃는 놈들과

김정은과 트럼프 미 대통령을 똑같은 미치광이라는
기레기 같은 자들과
나는 일방적으로 작별했다
나는 스스로 섬이 되었다

휘날리는 태극기

1

누가 탄핵했는가?
털어도 먼지 나오지 않는 깨끗한 대통령을
거짓과 사기와 누명의 구덩이에 파묻고는
봉분을 태산처럼 쌓아 올린 자들 아닌가

어이없고
어처구니없는 현실에
평생 시위라고는 모르고 살던 사람들이
오직 태극기 하나에 의지하여
하나, 둘 아스팔트로 나오기 시작했네
2년이 넘는 기간 동안
매주 토요일이면 전국에서 모여들어
자유대한민국을 기리는 살아있는 양심
애국 동지들의 투쟁은 날로 커져갈 것이네
승리의 그 날까지

2

아프고 슬픈 것은
탄핵에 부역한 배신자가
62명이나 나왔다는 사실
기레기, 판새, 종북좌빨
당연히 척결해야 하지만
우선순위는
죄 없는 대통령에게 칼을 휘두른
망나니들의 죗값을 묻고
정치판에서 사망을 확인하는 일이네

적과 내통하여
스스로 사냥개가 되어
올곧은 대통령을 물어뜯고
여전히 탄핵 반대파와 동거하면서
탄핵은 정당했다고 하네
속으로는 내각제를 꿈꾸며
5.18은 성역이라고
몇 안 되는 할 말 하는 국회의원을 징계하면서

반역에 대한 반성이나 사죄는 없이
반문연대 하자고?
보수통합 하자고?

여기서도 나는 무상을 보는구나

처음 법문을 들었을 때 존경하는 마음이 솟구쳐 올랐던 그 비구가 오늘은 촛불을 이야기한다. 촛불민심이 마치 다인 것처럼. 촛불은 이미 승리했다고 한다. 무엇으로부터 그랬다는 것인지? 신문기사 쪼가리가 대통령 탄핵 사유가 된다는 것인지? 촛불이 다라면 태극기 집회에 참여하는 사람들과 스님들은 무엇이란 말인지? 비구여 대답해 보시게나.

달빛기사단

달빛기사단
문꿀 오소리
경공모
경인선
킹크랩
초뽀

가짜 뉴스에 좋아요 클릭
댓글 달기로 여론 왜곡, 여론조작, 여론몰이, 여론
주도
문 비판자에게는 문자폭탄 투하로 사이버테러
보수에 대해서는
적폐, 알바, 일베충, 친일파, 박사모, 틀딱
딱지 붙이기, 조롱하고 짓밟기

드루킹이 하나씩 옷을 벗고 있는데
영장을 신청하고 반려하는 사이
통신내역 보존기간 만료로 많은 증거가 사라졌다네

그렇다고는 해도 몸과 말과 생각으로 지은
행위의 대가는 받는 게 법이라네
당신들이 조작하고 속여먹는 어리숙해 보이는 이 세
상이
기실은 허점이 없다네
여론조작단이 전국에 몇 개나 있는지, 있었는지
여기에 누가 얼마나 가담했는지
다 밝혀질 것이라는 말일세
나는 어두운 하늘에서 빛이
날이 갈수록 커지고 있음을 본다네

희망은 어디에 숨어 있는지

절망이 무성하다
세상이 캄캄하다
희망은 어디에 숨어 있는지
보이지 않는다
더는 기레기들에게 속지 않고
어둠 속에서 빛을 찾자고
대(代)를 이어 구독하던 신문을 끊었다
TV 뉴스도 시청하지 않고
나중에는 xx은행* 계좌도 해지했다
나라가 어떻게 이리도 미쳐 돌아갈 수 있는 것인지
엄청난 위기가 코앞에서 입을 벌리고 있어도
왜 다들 태평하기만 한 것인지
탄핵에 앞장서거나 동조한 시원찮을 놈들이

---

*　우리은행 2018 캘린더 그림은 어린이 그림대회 수상작이라고 하는데 '북한
인공기, 촛불, 세월호 리본과 나라다운 나라'라는 문구 등이 있다.

보수를 죽여 놓고 반성도 없이
여전히 보수라고 목소리를 높이고 있으니
보수는 망해도 쫄딱 망했다
쓰나미가 휩쓸고 간 것처럼
그렇게 죽고 나면 보수는 살아날까

김정은 신뢰도 77%?

김정은 신뢰도 77%라는 여론조사
어찌 보면 놀랄 일도 아니지
새로운 평화의 시대가 열렸다는 말의 달콤함에 그만
믿고 싶은 마음이 너무나 커서
순간적으로 눈이 멀고 사고가 마비되었을지도 모르
는 일이지
3대 세습 독재자의 모습은 한순간에 사라지고
화려한 수사가 만든 허상에 열광하는 것은 아닌지
인민을 굶어죽게 하고
인권을 참혹하게 유린하는 독재자가
어느 날 갑자기 천사로 보일 수 있다는 것이
놀라울 따름이지
판문점 선언이 보기에 따라서는
감격스럽기도 하겠지만
정치적 선언 이상도 이하도 아니지
잘 짜인 각본에 의한 보여주기식 선언이 나오게 된
것은
성큼성큼 다가오는 죽음의 그림자를 보았기 때문
일 뿐

통 크게 웃고 있는 것처럼 보여도 사실은
납작 엎드려 살려달라고 애원하는 것임을
핵 포기는 속임수라는 것을
아는 사람은 다 꿰뚫고 있지

천멸중공

天滅中共
홍콩 국가안전법에 반대하는
홍콩인들의 절규

양회가 열리는 시간
비가 거의 내리지 않는 베이징의 하늘이
캄캄해지고 천둥 번개 속에 쏟아지는 폭우

코로나바이러스를 닮은
야구공만 한 우박
7월 폭설, 가뭄, 메뚜기,
모래 회오리, 용오름,
하늘로 튀어 오르는 물고기
지렁이와 지네 떼의 대이동
마을로 내려오는 원숭이
떼를 지어 나타나는 잠자리, 박쥐, 오소리

산과 계곡에 퍼지는
괴이한 땅의 울음소리

기괴한 구름
돼지 열병, 흑사병
대홍수에 흔들리는 싼샤(三峽)댐
물처럼 흘러내리며 주저앉는 산

지진
실업대란
물에 잠긴 도시

성난 물결에 휩쓸려
무너져내리는 것은 무엇인가
사라져 가고 있는 것은 무엇인가?

경험해 보지 못한 나라

1

A4 용지는 사람인가
로봇인가?

2

대한미국 대통령은
남측 대통령
목선 타고 자유 찾아 남하한 청년을 북으로 되돌려
보내기까지 한
반(牛)반도 운전자

그리스와 베네수엘라는
어디를 향해 가고 있는지?

3

소득 주도 성장은 숲에서 낚시하기
탈원전은 황금알을 낳는 거위 죽이기
부동산 대책은 튀어 오르는 두더지 머리 찍어 누르기

4

QR코드가 인쇄된 사전 투표용지는 명백한 불법(공직
선거법 제151조 위반)
법에도 없는 특별 사전 투표소 설치·운영은
헌법기관이 엿장수라는 말인지?

삼립빵 상자에 담긴 신권 같은 투표 뭉치
2번은 무효처리하는 분류기
쓰레기통에서 발견된 사전 투표용지
투표는 유령, 개표는 중국인

선거는 자유 민주주의의 꽃잔치

그 꽃다발이 고물상에 처박히고 있는데
설마 부정이야 했겠느냐며

웃는 자들은 누구?
악을 선이라 해도
좋아라 손뼉 치는 자들은 누구?

5

21대 국회 상임위원장 배분 18:0
활짝 열린 적반하장(賊反荷杖)의 문 앞에 선
중도보수를 표방하는 위장 우파

야성이 있는 10여 명의 국회의원을 제외하면
웰빙에 관심 많은 월급쟁이들뿐
4년, 8년, 12년이 지나도록 있는지 없는지 모를 만큼
그저 고요한 그들이 하는 역할은
거수기

부역,
반역 또는 방조?

6

야당이 없는 시대
잘못된 것들은 모두 전정부(前政府) 탓이라 하는데
절망은 얼마나 더 살이 쪄야
휠체어 신세를 지게 될까
잠자는 사자들은 언제나 깨어날까?

7

경험해 보지 못한 나라는
길고 긴 암흑의 터널이지만
진정한 희망은 장삼이사의 마음속에서부터 태어나
는 것
어둡다고 희망마저 없다고는 말하지 마라

빨간 색안경을 낀 유체이탈자(遺體離脫者)

1

사람이 먼저다, 깃발 높이 펄럭이며
적폐청산으로 촛불혁명 완성하겠다는
지엄(至嚴)한 명령

"기회는 평등하고, 과정은 공정하고, 결과는 정의로
운 한 번도 가보지 않은 나라"를 향하여
역사적 진실을 모조리 왜곡(歪曲)
혹세무민하는 자 누구인가
신문고(申聞鼓)를 울려라

2

'미안하다 고맙다'
팽목항에 가서 세월호 희생자 방명록에
횡설수설하더니
북한에 가서는 '남측 대통령' 운운
대한민국 대통령은 누구인지?
미국에 가서는 '대한미국 대통령'이라 서명하시다

빨간 색안경을 낀 유체이탈자의 망령
신문고를 울려라

세간(世間)으로부터 돌아앉으면
세상도 나도 태평세월이건만
민심은 천심이라

3

G7 사진 조작질로 나라의 위상이 높아졌다네

오스트리아를 방문했는데 독일 국기를 올린 것은 실수라네

25세의 청년을 1급 비서관으로 채용해 2030의 표를 얻는다?

공직에 입문하여 1급까지 올라가는 사람이 몇 %나 된다고

공무원들의 사기를 꺾어 죽이는 것인가

재앙정권의 상징인 내로남불, 후안무치, 적반하장을 계속하며

무능을 유능이라 자화자찬하면서

하는 일은 그저 적폐, 적폐

저승사자까지 불러댄다

국방도, 일자리도, 부동산도, 원전도

나중에는 하다 하다 푸른 산도 벌거숭이로 만들고

멀쩡한 것들 죄다 망가뜨리네
나랏 빚은 초당 305만 원씩 늘어나고 있다네
미래세대의 비명이 들리지 않는 것인지
공수처를 만들고
검찰 개혁을 핑계로 수사 자체를 막고
사법부를 사유화하는 따위로
나라가 나락으로 떨어져도
세습독재자에 대한 짝사랑만은 일편단심이로다

유구무언(有口無言)

상상하기도 어려운 무지막지한 일들을 가능하게 한
원흉들의 대표로 선출된 자는 말하네
'탄핵은 정당했다
면회를 간 적 없고 앞으로도
면회를 갈 계획이 없다
내가 당 대표된 것 감옥에서 보고
위안이 됐기를 바란다'
여기서 나는 더 할 말이 없다

옥중서신과 이현령비현령(耳懸鈴鼻懸鈴)

1

눈발처럼 날리는 벚꽃잎
봄은 오지 않고 있는데
총선은 이제 사흘 남았다
미래 없는 미래와 한통속이 되어
지지율이 얼마나 올랐는가
옥중서신에는 '천금 같은 말씀'이라고 하더니
통합하거나 연대하여 이기자는
태극기 세력의 포효에는 끝까지 동문서답인가
신기루 같은 중도 표를 잡아야 하고
빨리 개헌해서 내각제로 가야 하기에
나라 사랑하는 그분의 선량한 믿음에
또다시, 배신하고, 반역하는 자들
그들은 누구인가?

2

선거는 전쟁이다
싸우는 후보자 등 뒤에서
막말한다며 제명하는
이 행위는 무엇인가
침묵만 하면 밀물처럼
표가 밀려온다는 것인가
옥중 대통령의 충정을 짓밟고
태극기 세력의 통합 요청을 끝까지
외면하고 무시한 세모
태극기 우파를 다 죽여놓고
개표가 끝나기도 전에 어디로 갔는가
지금 남아있는 희망은 무상(無常)함이다
세상은 빠르게 변하고 있다는 것이다

전화 한 통화로?

1

행정은 말이 아니다
행정은 문서로 이루어지는 거다
전결 규정에 의거
정당한 결재권자가 결재한
휴가 서류가 부재한다면
그것은 탈영을 권력으로 깔아뭉갠 것

전화 한 통화로
휴가를 연장한다고?
이게 아니라는 것을 너희도 다 알고 있지 않느냐

2

인사라는 게 일을 더 잘하기 위한 것인데
마땅히 해야 할 일을 못 하도록 방해하고
개혁이라는 이름으로

조직을 무너트리는 뻔뻔함과 오만함은

어디서 오는 것인지

자신은 어떤 일을 해도 된다고 믿고 있는 것인지

아무 말이나 하면 다 말인 줄 아는지

소설은, 장편소설은 아무나 쓰는 것으로 알고 있는

것인지

마치 사기꾼 범죄자의 하수인이라도 된 것처럼

어디를 향해 폭주하는 것이냐?

뿌린 대로 거두는 것이 세상이다

범접할 수 없을 만큼
깨끗한 사람을
물러나라 외치는 촛불을 본다
이런 억지
이런 횡포
이런 코미디를 두고
너희는 한 몸이 되어 박수를 치는구나
신문 방송을 보지 않으니
나는 정신건강이 오히려 좋아지는데
너희는 이러한 현상이
걱정되고 고민되지 않느냐
원인이 있어서 결과가 있고
그 결과는 또 원인이 되는 것을
뿌린 대로 거두지 않는다면
그게 어디 세상이겠는가

태극기 높이 들고

태극기 높이 들고 아스팔트 길을 걷는다
굳게 입을 다물고 그저 앞으로 나간다
태극 보수의 꿈을 이루는
원인 만드는 일에 머릿수 하나 보탠다고
선업이든 악업이든
때가 되면 반드시 무르익는다고
세상은 쉬지 않고 변하고 있기에
내일 아침에는 희망이 햇살처럼
쏟아질지 누가 알겠냐고

아스팔트 우파

1

아스팔트 우파
그 처음은 이해할 수 없는
탄핵에서 비롯되었다
그럴 만큼의 죄가 없다고 믿는
50대 60대 70대 어르신들이
자발적으로 거리에 몰려나와
탄핵무효*를 목이 터져라 외친 거다
탄핵을 조작하고 응원하고 용인한
언론과 헌재, 무엇보다도 탄핵에 찬성한 자들에 대
한 분노를
그저 외침으로 표시한 거다

---

*   박근혜 대통령 탄핵하던 날 2017. 3. 10.

2

광화문에서
서울역 앞에서
남대문에서
강남 성모병원 앞에서
서울구치소 앞에서
탄핵무효를 목 터지게 외치는
아스팔트 우파의 소리는 누가 들었는가
수년간 수없이 보고 들었기에
"과거 인연은 과거 인연으로 지나갔으면 좋겠다"라고
마침내 말씀해 주셨다
탄핵 앞에 그저 무력했다는 죄책감이
아스팔트 우파의 가슴에 있음을 아시고
이제 다 내려놓고 제자리로 돌아가라 하시니
참 고마운 일이다

마왕(魔王)의 계절

마왕의 하늘은 손바닥이다
그의 눈에는 보이는 게 없으니
자신의 죄를 너희들의 죄라고
뒤집어씌운다
아이가 사탕을 먹고도 안 먹었다 하는 것보다도
더 가볍게 죄 없다고 잡아뗀다
'존경하는 아무개 대통령 했더니
진짜 존경하는 줄 알더라'
낄낄낄 말을 바꾼다
말에는 값이 있고 무게가 있는데
허망한 물거품만도 못하니
나는 눈을 감고 귀를 막아
목석으로, 돌부처로 살아야 하는가
겹겹이 껴입은 방탄복이 누더기가 되어
오래전에 속살까지 드러나기 시작했는데
언제까지 거짓이 진실일 수 있을까
그는 얼마나 더 세상을 속일 수 있을까

개꿈이 개꿈인 줄도 모르고 꿈꾸는 마왕을 위해
나는 화해의 기도
할 수 있을까?

차벽에 갇힌 세종대왕

광화문 광장을 봉쇄한
차벽
철제울타리
또, 검문
이것들이 만들어낸 어둠
누가 왜 대낮에 길을 잃으라고 하는가
무엇이 두려운 것인가
우한 코로나바이러스는
특별히 이곳에 터 잡고 산다는 말이냐
박정희 대통령 서거 41주기를 맞아
추모 좀 하면 안 되는 거냐

안심화엄(安心華嚴)

한겨울에 나는 듣는다
세상의 가치가 전도되어
여기저기서 걱정과
아우성이 분출하여도
불안해하지는 말라네
세상은 원래 혼란스러운 거라고
예쁘고 향기로운 꽃만 피는 게 아니고
좋고 나쁨은 너의 편견일 뿐이니
보이고 들리는 그대로를 인정하라네
그대 백면서생(白面書生)이여
아수라의 바탕에는 고요함이 있다네
혼돈은 그 자체로 아름답고
우주는 스스로 정화하는 힘이 있다네
속은 쓰리고 아프겠지만
함께 하는 모두가 하나의 꽃임을
안심하고 믿으라 하네

그렇고 또, 그런

나는 나를 모르고
나는 세상을 모르고
지금도 그렇고 그런
한 세월

거짓과 거짓이 날개를 달고
조작과 조작이 안개 속으로
롤러코스터를 탄다
내 편이 네 편인가
네 편이 내 편인가
마주 보고 달려오는 광기(狂氣)의 기관차

내가 나의 세상을 사는 것처럼
저마다의 세상을 살고 있다면
지금도 그렇고 그런 한 세월

우주는 스스로를 정화하는 힘이
있다고 하니

나는 이쯤에서
하는 일 없이 그저 흘러가기를
내가 꾸는 모든 꿈이 꿈인 줄 알며
지금도 그렇고 또, 그런 세상

無爲自然에의 순례길

— 끊임없이 추구한 자아 발견의 서사록 —

박이도(시인)

시인 신현봉씨와 교제한 것이 벌써 10여 년이 지났다. 우연한 만남이었다. 가까운 거리에 사는 덕분에 자주 만나게 되었다. 특히 코로나19로 외출에 제한을 받던 지난 3, 4년 동안 서로 간의 유일한 말벗이 되어주었다. 우리는 세상 돌아가는 얘기에서부터 문단의 동향, 서로 간의 문학적 테마를 두고 격의 없이 의견을 나누는 사이가 된 것이다.

신 사백이 시집 〈우울한 날들의 끝자락에 서 있는 그대에게〉를 출간한다.

그동안 신 사백과 친분을 나누면서 받은 인상은 소박素朴하고 강직剛直한 성품의 소유자이다. 이 시집을 읽으며 나는 작품 여기저기에 흐르는 그의 시풍詩風에서 자괴감에 빠지기도 했다. 내가 이 시집을 읽으며 자괴감에 빠졌다는 것은 "참다운 내가 누구인지"

141

를 끊임없이 직접 추구하는 시편들을 보면서 나의 근성을 부끄럽게 깨달았기 때문이다. 그의 시에는 소위 불자들이 교리로 삼는 삼독三毒즉 탐진치貪瞋痴(탐욕貪慾, 진에瞋恚 우치愚癡)의 그림자가 안 보이기 때문이다.

이번 시집에 수록된 작품들은 세 부류로 나누어 평설한다. 순수한 서정시의 영역과 불교 사상에 접속된 선시류禪詩類, 그리고 오늘날의 시국을 바라보는 담론을 담고 있다.

1

신현봉의 시편에는 불교의 가르침과 수행에 관련된 작품이 많다.

무위자연無爲自然이라는 노자사상이나 불립문자不立文字 같은 이심전심의 가르침 등에서 인간적 자기 정체성을 깨우쳐가는 과정을 서정적으로 그려내고 있다.

서정시는 관념적 진술보다는 사물을 사실적으로 묘사할 때 보다 감각적인 실재감으로 느껴질 수 있다. 감정적 폭발성을 억제할 수 없어 표출해내는 것이라고 보기 때문이다. 신현봉의 서정시는 특정 종교의 교리를 군더더기 없이 질박하게 내면에 담고 있다. 마치 무기교의 기교라고 할 수 있는 선문답식 작시법이 관심을 끈다.

> 봄에는 바람이 미치나 보다
> 알 수 없는 그리움에 미치나 보다
> 벚꽃 속으로 뛰어들다가
> 새잎 나는 호두나무로 돌진하다가
> 자운영 꽃밭에서 잠시 숨 고르다
> 이내 폭풍처럼 휘몰아친다
> 광덕산에 죽어있거나 잠자고 있는 것들
> 모두 깨어나라고
>
> ─「광덕산 호두마을의 봄」 전문

'광덕산 호두마을의 봄', 봄의 바람은 봄을 알리는 전령사이다. "그리움에 미치다"의 그리움은 "대지에 잠자고 있는" 모든 생명체들에게 생기를 불어 넣어주는 자연의 섭리이다. 동토에 묻혀 죽은 듯 잠자는 생물이 아름다운 세상으로 솟아나는 계절을 일깨워주는 바람의 은유이다.

1.
가을 산에는
가을 바람이

풍요의 들녘에는
가을 햇살이
하나로 어우러져
도란도란 이야기합니다
하늘에 떠가는 흰 구름을 두고

2.
오래 함께했던
인연도 다해갈 때
먼 날의 친구들과 함께
가을 산행을 합니다

학교 다닐 때 무덤덤했던
친구와도 새롭게 정담(情談)을 나누며

가을 산이 되어 어울립니다
하늘에 떠가는 흰 구름처럼

— 「가을 산행」 전문

'가을 산행' 첫 연의 가을바람과 가을 햇살이 "도란도란 이야기한다"는 표현은 군더더기가 빠진 깔끔한 동요가 된 노랫말이 되었다.
　'가을 산행'에는 표면상 종교적 색깔이 없다. 그러

나 "무덤덤했던/친구와도 새롭게 정담을 나누며/가을 산이 되어 어울립니다"의 속내는 불교 교리에 부합하는 불립문자의 의미를 함의하고 있다.

가을 아침
허공 속의 찻잔에
번지는 적요寂寥
눈부신 햇살

이 작은 사치가
무겁게 느껴지는 것은
왜
어디서 오는 것인가

— 「가을 아침」 전문

이 작품 속의 화자는 상쾌한 가을 아침에 전개되는 실제 상황의 풍경을 대하면서 불자가 수행하는 관념을 떠올린다. 가을 풍경의 스케치가 아닌 수행자의 상념을 선시풍으로 표현하고 있다. "허공 속의 찻잔에/번지는 적요", 이 시구詩句에서 '허공'은 모양과 빛이 없는 상태의 불교 용어로서의 의미를 뜻한다. 내재적 착시현상錯視現像이다. 그러니까 화자는 서정적 시점이 아니라 수행하는 불자로서 마주치는 입장에서 허무의 세속적 삼독의 세계를 선적禪的으로 표현하고 있는 것이다. 이같이 적적하고 고요한 적요의 경지에 이르는 것이 아닌가. 인용한 위의 두 편은 신현봉 특유의 서정시로 볼 수 있다.

허공 속에 앉아서
넋 잃은 생명으로
허공을 마신다
한 잔 두 잔 마시다 보면
나는 그냥 허공
그 안에 흐르는 물
생명의 공기
보이다가 사라지는 것들 속에서
나는 누구냐고 묻는다
어느새 내 안에 가득한 허공

나는 허공이다

— 「허공虛空」 전문

신현봉 시인이 집착하는 허공은 일련의 좌선 수행 과정에서 누리는 내재적인 공간이다. "보이다가 사라지는 것들 속에서/나는 누구냐고 묻는다" 허공에 보이다가 사라지는 허상虛像들의 중심에는 화자인 '나'

가 존재한다. 그리고 "나는 허공이다"라고 스스로의 생명성의 존재감을 확인하는 것이 아닌가.

무심無心이란 존재하지 않음이다. 고로 무심은 애초부터 없었음을 뜻하나 허심虛心은 마음속의 어떤 상념 따위가 사라지거나 복원될 수 있는 성질의 것이다.

시적 화자는 자신의 존재에 대해 "나는 누구냐"고 반성, 반문하는 화두를 신지학적神知學的 차원에서 찾으려는 갈망의 수행을 하는 것이다. 평소 속물적 자신의 존재가 부처님의 신비로운 세계를 체험하는 허공을 인식하는 세계이다.

'허공虛空'은 서정시의 틀에 고도의 수행을 담고 있다. 신현봉 시인의 특유한 서정적 선시가 된 것이다.

마음은 아프지 않다
마음은 병들지 않는다
마음은 슬프지 않다
마음은 때묻지 않는다
마음은 상처받지 않는다

마음은 빛처럼 밝다
마음은 하늘처럼 맑다
마음은 각성된 마음은
현재와 미래를 바꾼다

과거를 바꾼다

─ 「마음은」 전편

'마음은' 번뇌와 욕심 따위를 극복해가는, 수행과정에서 득도得道, 즉 깨달음의 경지에 이르는 깨우침의 작품이다. 각성된 마음은 현재와 미래를 바꿀 뿐만이 아니라 지나온 과거까지도 바꿀 수 있다고 믿음을 음미하고 있다. "각성된 마음은/현재와 미래를 바꾼다/과거를 바꾼다"는 확신이다.

2

시인 신현봉申鉉奉씨는 불혹의 나이에 인도, 티벳, 네팔 등 구도하는 마음으로 성지순례를 몇 차례 다녀온 바 있다. 그의 자전적 산문에 〈2014년 12월에 달라이 라마의 보라도차제菩堤道次第 대법회 참석과 티베트 불교를 알기 위해 1개월간 남인도 카르나타가 주에 소재한 간덴 사원과 세라사원에 머물렀다.〉고 기술하고 있다.

그는 왜 불교에 빠져들었을까. 시쳇말로 세속적인 일상에서 벗어나고 싶어서였을까 그러한 생각을 넘어 심오한 불법의 가르침, 즉 괴로움이 소멸된 경지에 이르고져 함에 있다.

그는 국내 여러 선원禪院을 자주 찾아가기도 했다.

보고 아는 것이 아니고
알고 있어야 보이는 것

— 법륜 법사

생각이 바뀌면
인연도 바뀐다

— 비구 일묵

네가 맞이하는 모든 것이
네게 유익하고, 축복이다

— 라마 소파 린포체

선사들의 법문이 시의 옷을 입고 나타난 것이다.

가볍다
몸무게가, 머릿속이

없다
하는 일이, 생각이

눈에 들어오는 것은 청산

들리는 것은 새소리, 바람 소리

그저 의식적으로 호흡하며

앉아 있거나, 천천히 걷거나, 잠잘 뿐

　　　　　　　　—「위빳사나 수행처 1」의 전문

　신현봉 시인이 수행처에서 얻은 시 가운데 한 편
이다.

　일체 말문을 닫고 무념무상의 경지에 빠져드는 모
습으로 읽힌다. 이러한 상황에 이르는 것은 무위자연
의 경지에 이름을 뜻한다.

　부처님의 가르침은 마음과 마음으로 전수된다. 선
종禪宗에서 불법佛法은 문자로 나타낼 수 없는 것이지
만 중생들을 위하여 적극적인 방편으로 언설을 활용
해야 한다고 시인은 주장한다.

　붓다의 가르침은

　알기도 어렵고

　모호한 거라고

　그러니 너희는 보시나 잘하고

　복이나 빌면 되는 거라고

　不立文字를 빌미로 오도하는 것은 아닌가

문득, 홀연히, 몰록

깨우쳤다고 하면서
무엇을 깨달았는지
… (중략) …
깨달음의 내용은 분명한 것일 텐데
왜
왜
不立文字여야 하는가

— 「불립문자」 2연의 부분

언어가 비록 그림자 같은 것이기는 하지만
그것이 없다면
열반을 향한 첫 발걸음을
뗄 수나 있겠는가
그러니 不立文字라는 말은
이제 그만 지워버리는 것이
옳지 않겠는가

— 「불립문자」 4연

불교에 입문하려는 초심자의 입장에서 불립문자로
전수되는 법문에 회의를 느끼는 시편이다. 이심전심
의 경지에 이르려면 어떤 설법에 의지할 수밖에 없을

것이다. 그 다음, 언설과 문자가 갖고 있는 형식과 틀의 집착을 넘어설 때 비로소 불도의 경지에 도달하는 것이 아니겠는가.

인간은 언어가 없다면 사유할 수 없다는 율곡栗谷 이이李珥 선생의 언어사상일체관등 도가자류道家者流의 언어관에 따르면 불립문자는 '나'와 '너'를 구분하지 말고 분별과 차별, 시비가 사라지는 경지에 이르는 것을 역설한다. 이는 진정한 의미의 이심전심의 법문일 것이다.

정진(精進)하려면
볼 것도
들을 것도
없는 편이 좋지요
적게 먹고
묵언하는 것이
가볍고 맑게 하지요

수행자는
외로운 손님이지요

— 「수행자修行者」

"수행자는 외로운 손님"이라는 한마디에서 독자는

어떤 깨우침의 낌새를 엿보게 된다.

3

오늘날의 시대정신은 무엇인가?

온 나라, 온 백성이 백가쟁명의 시대로 들어선 지 오래다. 거짓과 조작으로, 급기야엔 허위의식의 황폐한 인간상들의 시대에 시인은 비분강개하고 있다.

어느 날 나는 종적을 감추었습니다 (중략)

청렴한 대통령에 대한 탄핵을 안주삼아

청와대 안에서 굿판을 벌였다느니

그곳에서 비아그라가 나왔다느니

술에 취한 듯 말에 취한 듯 (중략)

또, 그렇고 그런 헛소문들

나는 허위의 설화舌禍로부터 귀를 씻기로 했습니다.

나와 생각이 다른 사람이 누구인지 확인하는 것이

두려워지기 시작했습니다 (후략)

— 「어느 날 나는 종적을 감추었습니다」의 부분

달빛기사단/문꿀 오소리/경공모/경인선/킹크랩/초뽀

가짜 뉴스에 좋아요 클릭

댓글 달기로 여론 왜곡, 여론조작, 여론몰이, 여론 주도

문 비판자에게는 문자폭탄 투하로 사이버테러

보수에 대해서는/적폐, 알바, 일배충, 친일파, 박사모,
틀딱

딱지 붙이기, 조롱하고 짓밟기 (후략)

— 「달빛기사단」의 부분

　　허위로 조작한 가짜 소문으로 정쟁政爭을 일삼는 오
늘날의 대한민국.

　　돌이킬 수 없는 파멸의 나락으로 떨어져 가는 현실
을 바라보는 시인은 "나와 생각이 다른 사람이 누구
인지 확인하는 것이/두려워지기 시작했습니다"고 말
문을 닫는다.

　　시인의 이 한마디는 이 시대 우리 모두가 역지사지
易地思之하는 대화의 광장으로 나아갈 때가 아닌가?

　　(경희대학교 국어국문학과 명예교수)